Ghost Fever

Mal de Fantasma

Ghost Fever

Mal de Fantasma

BY

JOE HAYES

with illustrations by

MONA PENNYPACKER

CINCO PUNTOS PRESS • EL PASO, TEXAS

FIRST EDITION
10 9 8 7 6 5 4 3 2

Library of Congress Cataloging-in-Publication Data

Hayes, Joe.
Ghost fever / by Joe Hayes—1st ed.
p. cm.
Summary: In the 1950s, fourteen-year-old Elena Padilla and her father move into a haunted house in Duston, Arizona, where only Elena can see and help the ghost of the young girl who died there.
ISBN-13: 978-0-938317-83-8 / ISBN-10: 0-938317-83-0
[1. Ghosts—Fiction. 2. Haunted houses—Fiction. 3. Mexican Americans—Fiction. 4. Arizona—Fiction.]
I. Title.
PZ7.H31474Gh 2004
[Fic]—dc22 2004004266

Jacket illustration and book design by Vicki Trego Hill.
Illustrations by her daughter, Mona Pennypacker—
the apple doesn't fall far from the tree. You guys are good!

~

Many thanks to Luis Humberto Crosthwaite
for his edit of the Spanish text; to Sharon Franco,
for adding her two cents (we know you're there);
and to Johnny Byrd, home at last!

Contents

Chapter 1

Across the Tracks

Más allá del tren

IT SEEMS LIKE most people these days don't believe in ghosts. But almost everyone knows somebody who says they've seen one. I know a lot of people who swear they have, and I'm not about to tell them they're lying. I just listen and enjoy the story. This one happened way back in the 1950s in Duston, Arizona, which is the town I grew up in.

PARECE QUE hoy en día la mayoría de la gente no cree en los fantasmas. Pero casi todo el mundo conoce a alguien que dice haber visto uno. Yo conozco a muchas personas que juran eso, y no me atrevo a decirles que mienten. Me limito a escuchar y a divertirme con el cuento. Esta historia tuvo lugar en los años 50 en Duston, Arizona, que es el pueblo donde yo me crié.

Duston was a railroad town. The tracks ran right through the middle, maybe 100 feet north of Highway 75, which was called Main Street while it was inside the city limits. The south side of Main Street is where the town's few stores were located: a drug store, a couple of variety stores, two cafés, a clothing store—a pool hall, of course—and a strange, dumpy business called The Cole Cash Store. South, behind Main Street, the land rose gently and the streets up there were paved and shaded with big elm and cottonwood and cyprus trees.

Between Main Street and the tracks, a strip of open land covered with sharp black cinders ran the length of the town. It belonged to the railroad company. In the middle of town, the train station interrupted the continuous stretch of barren cinders.

Duston era un pueblo ferroviario. Los rieles pasaban justo por en medio, unos 100 pies al norte de la carretera 75, que se llamaba Main Street en el trecho que estaba dentro de los límites municipales. El lado sur de Main Street era donde se encontraban los pocos comercios del pueblo…una farmacia; un par de tiendas miscelaneas; dos cafés; una tienda de ropa; un billar, por supuesto; y un extraño, destartalado local denominado *The Cole Cash Store.* Al sur, más allá de Main Street, el terreno se elevaba ligeramente y las calles allá arriba estaban pavimentadas y sombreadas por grandes olmos y álamos y cipreses.

Entre Main Street y los rieles del tren, atravesaba el pueblo una franja de terreno, cubierta de oscuras y filosas piedritas de ceniza. Pertenecía a la empresa ferroviaria. A mitad del pueblo la estación del tren interrumpía la pista continua de ceniza negra.

If you had grown up in a small western town back in those days, you'd know what the station looked like: a pitched-roofed wooden building painted yellow with brown trim. On the side of the station next to the tracks, there was a concrete platform for freight and passengers and, on the other side, a small parking lot.

North, beyond the tracks, the town extended for another six or seven blocks in a crooked grid of dirt streets lined with run-down houses made of adobe or weathered lumber. Everyone called that part of town "across the tracks" and no one lived there unless they couldn't afford to live anywhere else. If you did live there, the chances were you rented your house from a man named Mr. Cole.

Mr. Cole was the owner of The Cole Cash Store I mentioned. He must have gotten the name for his store from the expression "cold cash," which people used to use back then. It meant money right there on the spot. His name was Cole, not cold, but he was trying to be clever and named his business The Cole Cash Store.

No one seemed to know what Mr. Cole's first name was. They just called him Cole Cash, like the name of his store.

Si te hubieras criado en un pueblito del oeste en aquellos tiempos, sabrías cómo era esa estación: un edificio de madera con techo de dos aguas, paredes pintadas de amarillo y adornos pardos. A un lado de la estación, junto a los rieles, había una plataforma de cemento para cargamento y pasajeros. Al otro lado un pequeño estacionamiento.

Al norte, más allá de los rieles, el pueblo se extendía unas seis o siete cuadras, formando una red desordenada de calles sin pavimento y casas humildes de adobe o de madera gastada. A esa parte del pueblo le llamaban "más allá del tren", y nadie vivía allí por gusto sino por necesidad. Los que allí vivían seguramente le pagaban renta a un tal señor Cole.

El señor Cole era propietario de la ya mencionada *Cole Cash Store.* Lo más seguro es que tomó el nombre de la frase "cold cash", que se usaba mucho en aquellos tiempos. Quería decir pago duro, pago en efectivo al momento. Su apellido era "Cole", no "cold", pero quería ser original y nombró su negocio *The Cole Cash Store.*

Al parecer, nadie sabía el nombre de pila del señor Cole. Nomás le decían Cole Cash, como se llamaba su tienda.

And everyone knew he wasn't making much "cold cash" from that store because no one went in there. It was dirty! Once a kid named David Acosta went into the store and bought a candy bar. When he unwrapped it, he found a fat, white worm curled up in the chocolate. He took the candy bar to school and showed it to all the other kids. We stayed away from that dirty store.

If kids wouldn't even go into the store, you can bet adults didn't go there, so that's how we knew Cole Cash didn't make money from the store. We knew he made it by renting houses. He would buy up any old, tumbled-down house that was offered for sale. He'd rent those houses to families that were poor and couldn't afford anything nicer. Cole Cash's houses were all across the tracks.

Y todos sabían que no sacaba mucho en "cold cash" de la tienda porque nadie entraba a ella. ¡Estaba muy sucia! Una vez un niño que se llamaba David Acosta entró a la tienda y compró una barrita de chocolate. Cuando la desenvolvió, encontró un grueso gusano blanco enroscado en el dulce. Llevó la barrita a la escuela y se la mostró a todo el mundo. Nunca regresamos a esa tienda mugrienta. Si los chicos no entraban a la tienda, mucho menos los adultos.

Por eso sabíamos que Cole Cash no sacaba dinero de la tienda. Lo ganaba del alquiler de sus casas. Compraba cualquier casa vieja que se ofrecía en venta. Alquilaba las casas a familias pobres, que no se podían permitir nada mejor. Todas las casas de Cole Cash se encontraban más allá del tren.

Chapter 2

The Abandoned House
La casa abandonada

COLE CASH was a sharp operator. He made a lot of money renting houses across the tracks. But he made a big mistake on one house he bought. No one had lived in that old house for a long time—and for a reason. You could ask anyone in that part of town about the house and they would tell you, *"Es una casa embrujada. Hay un ánima que anda penando en esa casa."* They would tell you it was haunted, that there was a soul suffering in that house.

But Cole Cash didn't ask why the house had been empty for so long and so no one told him. Or maybe they did and he just didn't believe in such things.

COLE CASH era muy astuto y ganaba mucho dinero de las casas alquiladas más allá del tren. Pero cometió un gran error al comprar una casa. Hacía tiempo que nadie había vivido en ella, y con justa razón. Cualquier persona del barrio a quien le preguntaras, te diría lo mismo: "es una casa embrujada. Hay un ánima que anda penando en esa casa".

Pero Cole Cash no se tomó la molestia de preguntar por qué la casa estaba desocupada desde hace tanto tiempo y por eso nadie se lo había dicho. O es posible que él no creyera en tales cosas.

Whatever the case, he bought that old house. All he did was hire old Louie Samaniego to slap a coat of white paint on the outside of the house, and then he tried to rent it out to some family.

No one would take the house. He started lowering and lowering the rent he was asking, but still no one wanted it. When the neighbors saw the FOR RENT sign in the front yard, they just shook their heads and said to one another, "*Ni dada querría vivir en esa casa.* I wouldn't want to live in that house even if it was given to me for free."

And free rent is exactly the offer Cole Cash made. He tacked a little card to the stick that held up the FOR RENT sign. It said: *Seis meses gratis…Llama a 4948.* Six Months for Free…Call 4948. And he hung up notices at a few other strategic places around town, like the pool hall and the barber shop.

Sea lo que sea, compró la casa. Lo único que hizo fue pagarle a Louie Samaniego para que pintara el exterior a brochazos con pintura blanca, y luego buscó una familia que la alquilara.

Nadie quería rentar la casa. Cole Cash comenzó a rebajar el alquiler cada vez más, pero tampoco así la querían. Cuando los vecinos vieron el cartel que decía "Se Renta Casa" en el jardín delantero movían la cabeza y decían entre sí: —Ni dada querría vivir en esa casa.

El alquiler gratuito es justamente lo que ofreció Cole Cash. Clavó un anuncio debajo del cartel que decía "Seis Meses Gratis…Llama a 4948". También puso anuncios en algunos lugares estratégicos del pueblo, como en el billar y la barbería.

The notices said that if a family would sign a lease for one year and move into the old house, he would give them the first six months rent free. He probably figured that as soon as a family started to live in the house, all the talk in the neighborhood about souls and spirits and ghosts—*ánimas, espíritus, fantasmas*—would just sort of dry up and disappear.

But still no one would take the house. When they said they didn't even want it for free, they meant it.

Los anuncios decían que si una familia firmaba un contrato comprometiéndose a rentar la casa por un año, y se iría a vivir en ella, le concedaría los primeros seis meses gratuitos. A lo mejor pensaba que tan pronto una familia comenzara a vivir en la casa, toda la palabrería sobre ánimas, espíritus y fantasmas iba a desaparecer.

Pero todavía nadie quería rentar la casa. Cuando decían que ni gratis les intesaba la casa, hablaban en serio.

Chapter 3

A Renter
Un inquilino

IT BEGAN to look like Cole Cash was never going to find a renter for that old house, but then a man named Frank Padilla moved to town. Frank was the uncle of my friend Chino Gutiérrez. Chino's real name was Refugio, but when your name's that long, you're bound to end up with a nickname.

EMPEZÓ a parecer que Cole Cash no iba a encontrar a nadie que rentara esa casa vieja, pero luego llegó al pueblo un hombre que se llamaba Frank Padilla. Frank era el tío de mi amigo Chino Gutiérrez. Chino en realidad se llamaba Refugio, pero cuando uno tiene un nombre tan largo, es inevitable que le pongan un apodo.

Refugio's head was covered with black curls and even his own family called him Chino, because chino was what everyone called curly hair—*pelo chino.*

Chino told me his Uncle Frank had had a lot of bad luck in his life. He had a wife and two daughters and a good job in the mines up north, but then one day he

came home from work and his wife was gone—not just gone from the house, but really gone, gone from town, gone from his life. She left him to raise his two daughters all by himself. And then he came down with some strange sickness and couldn't work for a long time. He lost his job in the mine in the town up north, so he moved to our little town because he wanted to start life all over again.

Refugio tenía la cabeza cubierta de pelo negro rizado, y por eso hasta sus parientes le decían Chino.

Mi amigo me dijo que su tío Frank había tenido mucha mala suerte en la vida. En un tiempo tuvo una esposa, dos hijas y una buena chamba en las minas que se encontraban más al norte; pero un día regresó del trabajo y se encontró con que su esposa ya no estaba. No sólo no estaba en la casa, sino que lo había abandonado. Se había marchado del pueblo y le dejó a sus dos hijas para que Frank las criara solo. Después Frank tuvo una extraña enfermedad que no le permitió seguir trabajando. Perdió el empleo en la mina y se mudó a nuestro pueblo para buscar la manera de rehacer su vida.

When Frank and his two daughters first moved to town they lived with my friend Chino and his family. But Frank got busy right away, looking for a job and for a house he could afford to rent. Chino's dad told him sort of half jokingly about the offer Cole Cash was making, and Frank was interested. "Six months for free!" he said. "Now, that's rent I can afford to pay."

Chino's Uncle Frank went and talked to Cole Cash at the store and he came back saying he was going to move into the old house. Everyone tried to talk him out of it.

Chino's mom, who was Frank's sister, told him, "Don't take your daughters to live in that house. Everyone knows that something terrible must have happened there—a murder, or even worse. Nobody's been able to stay there in that house for as long as anyone can remember. People have tried, and after one night, two at the most, they get out of there! They say one lady even went crazy after she spent a night there. And the neighbors talk about screams in the night and strange lights glowing in the house. You can't make the girls live in a house like that."

Al principio, cuando Frank y sus hijas acababan de llegar al pueblo, vivían con mi amigo Chino y la familia. Pero Frank no tardó en comenzar a buscar trabajo y una casa económica para alquilar. El papá de Chino le contó, medio en broma, lo que ofrecía Cole Cash, y a Frank le interesó. Dijo: —¡Seis meses sin pagar! Eso sí es una renta que puedo pagar.

El tío de Chino fue a la tienda a hablar con Cole Cash y cuando regresó dijo que iba mudarse a la casa vieja. Todos trataron de disuadirlo.

La mamá de Chino, que era la hermana de Frank, le dijo: —No lleves a tus hijas a vivir a esa casa. Todo el mundo sabe que ahí pasó algo horrible, un asesinato o algo peor. Nadie ha podido quedarse en esa casa desde que me acuerdo. Algunos lo han intentado, pero después de una noche salen huyendo. Dicen que una señora se volvió loca después de pasar una noche en la casa. Y los vecinos hablan de alaridos en la noche y luces inexplicables. No puedes hacer que tus hijas vivan en una casa así.

Chino's grandma lived there with his family and she was on her daughter's side. *"Hay casas así en México. He conocido muchas,"* she said, shaking her head. "I've known a lot of houses like that in Mexico. They're dangerous. *No lleves a mis nietas a vivir en esa casa."*

Frank just smiled at his sister and his mother. "That's all superstition," he told them. "Next you'll be saying that *la mano peluda* will reach in through the window and get the girls, or that the Devil's going to want to dance with them at the Candilejas Club on Saturday night. I love my daughters and I wouldn't put them in a dangerous situation. You'll see. All the talk about the house is nonsense. I'm going to rent it."

La abuelita de Chino vivía ahí con la familia y estaba de acuerdo. Asintió con la cabeza y dijo: —Hay casas así en México. He conocido muchas. Son peligrosas. No lleves a mis nietas a vivir en esa casa.

Frank les sonrió a las dos mujeres. Les dijo: —Todo eso es pura superstición. Ahora me van a decir que la mano peluda se va meter por la ventana para agarrar a las niñas, o que el diablo va a pedir que bailen con él en el Candilejas Club alguna noche de sábado. Quiero a mis hijas y no las pondría en peligro. Ya verán. Todo el chisme sobre la casa es pura locura. Yo la voy a alquilar.

Chapter 4

The First Week

La primera semana

FRANK PADILLA'S DAUGHTERS hadn't said anything during the discussion about the house. They probably didn't want to cause their dad any more trouble than he had on his hands already. But they were pretty upset about the idea of moving into a house like that.

Finally, the evening after Frank signed the year's lease on the house, his younger daughter, Beatriz, broke down and told him, "Dad, I'm scared. I'm scared by what people say about that house. I don't want to move in there." Beatriz was only 10 years old.

Frank hugged her. "Oh," he said, "your auntie and your *abuelita* have got you all upset." He turned to his older daughter. "What about you, Elena?" he asked.

Elena was 14 and she tried to appear in control. She shrugged. "I guess I'm a little nervous," she said.

"Let me think about it," their dad told them, and Frank thought about it all evening.

LAS HIJAS DE FRANK PADILLA no opinaron durante la charla sobre la casa. A lo mejor no querían darle a su papá más problemas de los que ya tenía encima. Pero estaban bastante preocupadas por la idea de mudarse a una casa así.

Al fin, en la tarde después de que Frank firmó el contrato para aquilar la casa, su hija menor, Beatriz, no pudo aguantarlo más y le dijo: —Papi, tengo miedo. Me da miedo lo que dice la gente de esa casa. No quiero mudarme allí. —Beatriz tenía 10 años.

Frank la abrazó. Dijo: —Ay, tu tía y tu abuelita te tienen todo revuelta. —Volteó a hablar con su hija mayor: —Y tú, Elena. ¿Qué te parece?

Elena tenía 14 años y trató de disimular su preocupación. Se encogió de hombros y dijo: —Creo que estoy un poco nerviosa.

—Déjenme pensarlo —les dijo su papá, y Frank lo pensó durante toda la tarde.

"Listen," he told the girls when he woke them up the next morning, "I know your *tía* and your *abuelita* have got you all scared about the house we're going to move into. There's no reason for it, but I don't want you to worry. Here's what I'll do: I'll go live in the house by myself for a while, just to make sure there's nothing

wrong. You can stay here. After a week or so, when you see there's nothing wrong, you can start living there too."

Frank loaded a bed and a chair into the back of his pickup truck and moved them into the house. He slept in the house for one week. He'd go over to Chino's house for breakfast each morning and tell his daughters how nothing out of the ordinary had happened.

—Oigan —les dijo Frank cuando las despertó a la mañana siguiente—. Sé que su tía y su abuelita las tienen asustadas por la casa donde vamos a vivir. No tiene nada de verdad, pero no quiero que se preocupen. Esto es lo que voy a hacer: me voy a quedar en la casa solo por algún tiempo, para asegurarme nomás de que no haya problema. Ustedes pueden quedarse aquí. Después de una semana, más o menos, cuando vean que no hay nada malo, pueden venir a vivir allí también.

Frank subió una cama y un sillón a su camioneta y los llevó a la casa. Durmió allí durante una semana. Volvía a la casa de Chino para desayunar cada mañana y les decía a sus hijas que nada fuera de lo normal había sucedido en la casa.

But later, when Frank got on with the Highway Department, he did admit to other men on his crew that even that first week some strange things happened in the house. Charlie Cook's dad told him and that's how the rest of us learned about it.

He said that one time in the middle of the night when he was about half asleep, a cold wind came rushing through the room and blew the blanket right off his bed. He felt the cold air and was awake enough to feel the blanket flying away. When he woke up the rest of the way, he found his blanket in a pile on the floor about six or eight feet below the foot of his bed.

Another time when he woke up in the morning, one of his shoes was missing. He found the shoe in a different room, and he had put both of them right under the edge of the bed when he took them off to go to sleep.

Pero más tarde, cuando Frank consiguió trabajo en el Departamento de Carreteras, confesó a los otros hombres de su equipo que habían pasado cosas extrañas durante esa primera semana. El papá de Charlie Cook se lo contó a él, y así fue como todos los chicos nos enteramos.

Dijo que una vez, a mitad de la noche, cuando estaba medio dormido, un viento helado sopló por la recámara y arrebató la cobija de la cama. Sintió el aire frío y estaba lo suficiente despierto para sentir que la cobija se iba volando. Cuando se despertó del todo, encontró la cobija tirada en el piso a unos seis u ocho pies más allá del pie de la cama.

En otra ocasión, cuando se despertó en la mañana, faltaba un zapato. Lo encontró en otro cuarto, y había puesto los dos junto al borde de la cama cuando se los quitó para dormir.

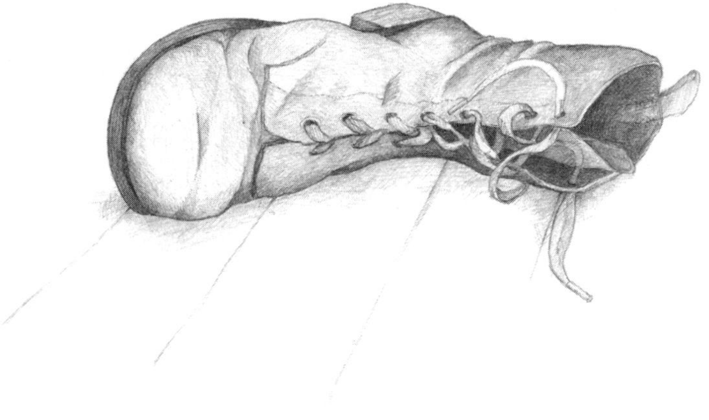

Another time the light turned on in the room all by itself in the middle of the night.

But even when Frank told the other men, he kind of tried to explain all those things away. Maybe he had thrashed around in his sleep and thrown the blanket off the bed. Maybe some animal had gotten in there and dragged his shoe into the other room. Maybe there had been a short in the wiring in the light switch.

Probably the truth was that Frank was very low on money and really wanted to take advantage of the offer of six months without having to pay rent, ghost or no ghost. Or maybe he didn't want to admit that his mother and his sister were right. Whatever the reason, by the end of the week, he was telling everyone, "There's nothing wrong with that house."

And after the whole week had gone by, he said he wanted Elena, his 14-year-old daughter, to start staying there too.

Y todavía en otra ocasión, la luz se había prendido sola en la recamara a la medianoche.

Pero aun cuando Frank contó esos sucesos a los otros hombres, trató de inventar explicaciones. A lo mejor él mismo había pataleado mucho en la cama y tirado la cobija. Quizás algún animalito entró a la recámara y arrastró el zapato al otro cuarto. Tal vez había un corto circuito en los alambres del interruptor de la luz.

Lo más probable era que Frank tenía muy poco dinero y quería aprovecharse de la oferta de seis meses sin cobrar de alquiler, con o sin fantasma. O es posible que no quisiera reconocer que su madre y su hermana tenían razón. Lo cierto es que para finales de la semana le decía a todo el mundo que no había ningún problema con esa casa.

Y al cabo de una semana entera, dijo que quería que Elena, su hija de 14 años, empezara a quedarse allí también.

Chapter 5

Abuelita's Advice
Los consejos de abuelita

WHEN CHINO'S MOM heard what his Uncle Frank wanted to do, she hit the ceiling. "No, *hermano*!" she said. "It's way too soon. You've barely been living in that house for a week. You don't know it's safe yet."

Chino's *abuelita* was sitting in the padded rocking chair in the corner embroidering and listening. You could tell by the way she was jabbing the needle through the cloth that she wasn't happy. You could tell she didn't like the idea one little bit, but she didn't look up or say anything. She could probably tell her son had already made up his mind and she'd just be wasting her breath.

CUANDO LA MAMÁ DE CHINO oyó lo que tío Frank quería hacer, se puso brava. Dijo:

—No, hermano. Es muy pronto. Apenas has vivido en la casa. Todavía no sabes si es segura o no.

La abuelita estaba bordando y escuchando, sentada en su mecedora de cojines en el rincón de la sala. Por la manera en que clavaba la aguja en la tela era obvio que lo que oía no le agradaba, pero no levantó la vista ni dijo nada. Sabía que su hijo ya había decidido y hablar sería una pérdida de aliento.

Chino's grandma was a wise woman. She had lived most of her life in Mexico and she knew a lot of things other people didn't know. She had a cure for just about every sickness that had ever been invented. They were cures Dr. Cartwright at the town clinic had never heard of. Chino said that a lot of times they worked better than the medicines the doctor prescribed. And Abuelita knew about *brujería,* which is witchcraft. Of course she knew all about *ánimas* and *fantasmas*—souls and ghosts.

Once when Chino and I were asking Abuelita about ghosts we asked her if she thought we'd ever see one. She told us that nine times out of ten a ghost will appear to a girl—a girl between the age of 11 and 17. She didn't explain why that was true, but she told us she knew it was a fact. I'm sure that's why she was working the needle so furiously as she listened to her son and daughter talking.

And that's why Abuelita had a long talk with Elena before she went to stay in the house with her dad. "*Óyeme, nieta,*" she said, "if you see anything strange in that house, you'll be the only one who can see it. *Porque un fantasma sólo se le aparece a una persona a la vez*. A ghost will only appear to one person at a time."

La abuelita de Chino era muy sabia. Había pasado la mayor parte de su vida en México, y sabía muchas cosas que la demás gente ignoraba. Tenía un remedio para casi todas las enfermedades que se habían inventado. Eran curaciones de las cuales el doctor Cartwright de la clínica municipal nunca había oído hablar, y Chino decía que muchas veces eran más eficaces que las medicinas que recetaba el doctor. Y abuelita sabía mucho de la brujería. Por supuesto, también sabía todo acerca de ánimas y fantasmas.

Una vez que Chino y yo estábamos hablando de fantasmas con su abuelita, le preguntamos si creía que algún día podríamos ver uno. Ella nos dijo que nueve de cada diez veces los fantasmas se aparecían a muchachas entre la edad de 11 y 17 años. No nos explicó el porqué de eso, pero nos dijo que sabía que sin duda era la verdad. Esa fue la razón por la que clavaba la aguja con tanta furia mientras oía hablar a sus hijos.

Y fue por eso que abuelita habló largo rato con Elena antes de que la nieta se fuera a quedar en la casa con su papá. Le dijo: —Óyeme, nieta. Si acaso ves algo extraño en esa casa, vas a ser la única que lo ve. Porque un fantasma sólo se le aparece a una persona a la vez.

Elena nodded her head. Her face was a little pale and she was listening intently to her grandma. Abuelita went on: "And the ghost can't speak to you until you speak to it first. You have to say the right thing. You have to say, *'En nombre de Dios, ¿eres de este mundo, o del otro?* In God's name, are you of this world, or the other one?'"

Elena repeated the words to herself, *"En nombre de Dios, ¿eres de este mundo o del otro?"*

"*Eso,*" Abuelita said, "that's right," and she shook her head in approval. "That's what you need to say. And if it answers the other world, you say, *'En nombre de Dios, ¿qué es lo que quieres?* In God's name, what do you want?'"

Once again Elena repeated her grandma's words. Then Abuelita came to the most important part: "If it tells you what it wants, and if you want to do it, and you're able to do it, you still have to be sure that you make the ghost say that once the request has been fulfilled, it won't come back again."

Elena said she'd remember everything and Abuelita hugged her granddaughter for a long time and recited a prayer for her protection.

Elena packed some clothes in a bag and got ready to go live in the old house with her father.

Elena asintió con la cabeza. Tenía la cara un poco pálida y escuchaba detenidamente a su abuela. Abuelita prosiguió: —Y el fantasma no te puede hablar sin que tú le hables primero. Y tienes que decir lo correcto. Tienes que decir "En nombre de Dios, ¿eres de este mundo o del otro?"

Elena lo repitió: —En nombre de Dios, ¿eres de este mundo o del otro?

—Eso —dijo abuelita, y movió la cabeza en aprobación—. Eso es lo que tienes que decir. Y si te contesta que es del otro mundo, dile "En nombre de Dios, ¿qué es lo que quieres?"

Una vez más Elena repitió las palabras de su abuelita. Luego abuelita llegó a lo más importante: —Si te dice lo que quiere, y si estás dispuesta a hacerlo, y si eres capaz de ayudarle, todavía tienes que obligar al fantasma a que te diga que una vez hecho lo pedido no volverá nunca.

Elena dijo que se acordaría de todo y la abuelita la abrazó durante un gran rato y rezó una oración para protegerla.

Elena puso un poco de ropa en una maleta y se alistó para ir a quedarse en la casa vieja con su padre.

Chapter 6

The Noise on the Roof

El ruido en el techo

THE FIRST NIGHT that Elena spent in the old house, she had her mind made up she wasn't going to sleep. She lay in the bed with her eyes wide open, watching and waiting, listening for every sound. But as it got later and later, her eyelids began to feel heavier and heavier. She started to drift away to sleep.

LA PRIMERA NOCHE que Elena pasó en la casa vieja, estaba resuelta a no dormirse. Estuvo acostada en la cama con los ojos abiertos, esperando en vigilia, pendiente de cada sonido. Pero a medida que avanzaba la hora se le hacían cada vez más pesados los párpados. Comenzó a dormitar.

The Noise on the Roof

But then something made her open her eyes again. It was a sound up on the roof of the house—a pounding noise, like someone was up there driving nails with a hammer. The pounding went on for maybe two or three minutes, and then Elena heard a sound like slow, cautious steps walking across the roof. And then there came a loud *thump!* And heavy footsteps went running across the roof. And then Elena heard a long, loud scream: **Aaaaiiiiiiiii!**

She screamed too when she heard that. She jumped up in her bed. Her father came running into the room. He practically knocked the door off its hinges.

"What happened?" he demanded. "Why did you scream?"

Elena's face was white. For a minute she couldn't speak. Then she sputtered, "There was all that noise on the roof." She pointed toward the ceiling. "A-a-and then that person screamed outside."

Her father shook his head. "There was no noise on the roof," he told her. "I was awake. I would have heard it. And no one screamed but you!"

Elena looked at her father, her eyes wide. "I swear I heard it," she said. "A pounding noise and footsteps."

Pero luego algo la hizo abrir los ojos. Era un sonido en el techo de la casa, un golpeteo continuo, como si alguien clavara allá arriba con un martillo. El golpeteo siguió durante unos dos o tres minutos, y luego Elena oyó algo como pasos lentos y precavidos que atravesaban el techo. Después hubo un fuerte golpazo sordo. Ahora se oyeron pasos pesados que cruzaron corriendo el techo. Y luego Elena oyó un largo, fuerte alarido: **¡Aaaayyyyyyyy!**

Elena también gritó cuando oyó eso. Respingó en la cama. Su padre vino corriendo a la recámara. Por poco arranca la puerta de las bisagras.

—¿Qué pasa? —le preguntó el padre a la muchacha—. ¿Por qué gritaste?

Elena tenía toda la cara pálida. Durante un minuto no podía hablar. Luego balbuceó:

—Había mucho ruido en el techo. —Señaló hacia arriba—. Y-y-y luego una persona gritó allá afuera.

Su padre movió la cabeza. Le dijo: —No había ningún ruido en el techo. Yo estaba despierto. Lo hubiera oído. Y nadie gritó... más que tú.

Elena miró a su padre con los ojos desorbitados: —Juro que lo oí —le dijo—. Un golpeteo... y pasos.

Her father smiled gently. "You were dreaming," he said. "It was just a bad dream."

But Elena insisted, "I was awake. How could I be dreaming? I wasn't asleep."

Her father still didn't believe her. He shook his head again and smiled. "Okay, okay," he said. He sat down on the edge of the bed beside her and put an arm around her shoulder. "It's all right," he said. "I'll stay here with you for a while." To himself he thought, *Pretty soon she'll calm back down.*

And in a little while Elena was calm enough to lie back down in the bed. She rested her head on the pillow and rolled her head to one side. Her eyes were still open, but she was quieter now. *She'll fall asleep in a minute,* her father thought.

Su padre le sonrió compasivamente. Le dijo: —Estabas soñando. Era una pesadilla.

Pero Elena insistió: —Estaba despierta. ¿Cómo podía estar soñando? No estaba dormida.

Su padre no le creyó. Volvió a mover la cabeza y sonrió: —Está bien. Está bien —le dijo. Se sentó en el borde de la cama y le puso un brazo sobre los hombros. —Todo está bien —le dijo—. Me quedo aquí contigo por un rato.

Pensó entre sí: "Pronto se va a calmar".

Después de algún tiempo Elena se había calmado lo suficiente para volver a acostarse en la cama. Recostó la cabeza en la almohada y volvió la cara hacia un lado. Todavía tenía los ojos abiertos, pero estaba más quieta. Su padre pensó: "Se va a domir en cualquier momento".

Chapter 7

The Ghost
El fantasma

AT FIRST it looked as though Elena's father was right. She gazed sleepily across the room and her eyes slowly opened and closed, staying shut a little longer each time. But then suddenly her eyes opened wide and focused on the window on the opposite wall. Something was coming in through the window.

It was like a white mist, and it was coming in at the bottom of the window, where the old wooden sash met up with the frame. The boards were warped and there was a narrow crack between them. The white mist was slowly filtering inside through that crack.

AL PRINCIPIO pareció que el padre de Elena tenía razón. Miró dormilona a través de la recámara y sus ojos se abrían y cerraban en turnos, permaneciendo cerrados un poco más cada vez que parpadeaba. Pero luego sus ojos se abrieron por completo y se enfocaron en la ventana de la pared opuesta. Algo entraba ahí.

Era una especie de neblina blanca y entraba por la parte inferior de la ventana, donde la vieja vidriera daba con el marco. Las tablas estaban deformadas y había una ranura estrecha. La neblina entraba, filtrándose lentamente por esa rendija.

When the mist was inside, it began to take shape, until it looked like a girl about the same age as Elena, wearing a long, fancy white dress. Elena thought she could tell that the other girl was trying to talk to her. She remembered what her grandma had told her she should say. Elena tried to speak, but all that came out of her mouth was: *"Ere...ere...ere...ere...ere."*

And then she fainted. Her father saw her eyes close and her mouth close and her body go limp. He was so frightened that he grabbed her shoulders and pulled her up beside him.

Cuando la neblina estaba dentro, empezó a tomar forma, hasta que se parecía a una muchacha más o menos de la misma edad que Elena, vestida con un largo vestido blanco de gala. Elena creyó que la otra muchacha intentaba hablarle y se acordó de lo que su abuelita le había dicho. Elena trató de hablar, pero lo único que le salió de la boca fue: —Ere...ere...ere... ere...ere.

Y luego se desmayó. Su padre vio que sus ojos se cerraron y su boca también y su cuerpo se volvió flojo. Se alarmó tanto que la tomó por los hombros y la levantó a sentar a su lado.

The sudden jerk when her father pulled her upright startled Elena out of the faint. She opened her eyes again and looked across the room. She could see the shape clearly. It was a girl wearing a long white dress. It looked to Elena like the girl was dressed to go to a high school prom, or maybe because Elena would soon be celebrating her own fifteenth birthday, it looked even more like the other girl was dressed for a *quinceañera.*

Elena's gaze moved to the other girl's face. She saw features on the face—a nose and lips and skin and all—but Elena could see the teeth and the bones behind them. She looked into the girl's eyes, but instead of seeing eyes, she saw a blue glow way back in her head. And she saw that the girl's mouth kept opening and closing, as though she was trying to speak.

Elena felt her father's arm still tight around her shoulder, and that made her braver. She took a deep breath. She swallowed hard. And even though her voice was hardly more than a whisper, she said exactly what her grandma had told her to: *"E-n-n nombre d-d-de Dios…, ¿e-e-eres de este mundo…o-o-o del o-otro?"*

When the other girl answered, it sounded like a hollow wind was blowing through her voice: *"O-o-otro-o-o-o-o-o-o-o-o."*

Elena volvió en sí con el jalón repentino que le dio su padre cuando la enderezó. Ella abrió los ojos y miró el cuarto. Ahora podía ver la forma claramente. Era una muchacha que llevaba un largo vestido blanco. A Elena le pareció que la muchacha estaba vestida para ir a una *prom,* o a lo mejor, porque Elena estaba por cumplir quince años, se le hacía más que la muchacha estaba vestida para una fiesta de quinceañera.

La mirada de Elena pasó a contemplar la cara de la muchacha. Vio las facciones: nariz y labios y piel y todo. Pero también se veían los huesos y los dientes. Miró los ojos de la muchacha; pero en vez de ver ojos, vio una luz azulada que brillaba en las profundidades del cráneo. Y vio que la boca de la muchacha se abría y se cerraba como si intentara hablar.

Elena sentía el brazo de su padre que todavía le sostenía el hombro, y eso le dio valor. Tomó aliento. Tragó saliva. Y aunque la voz le saliera apenas más fuerte que un susurro, dijo exactamente lo que su abuelita le había aconsejado: —E-n-n nombre d-d-de Dios…, ¿c-e-eres de este mundo… o-o-o del o-otro?

Cuando la muchacha respondió, era como si un viento desolado se mezclara con su voz: —O-o-otro-o-o-o-o-o-o-o.

And so Elena knew she was talking to a ghost. The girl had answered *otro,* the other one, the other world. *El otro mundo.*

Elena took another deep breath and said, *"En n-n-nombre de Dios…, ¿qué es lo que quieres?"*

The ghost girl answered, "*Que-e-e me ayu-u-udes. Quiero que me ayu-u-udes.* I want you to help me."

Elena heard herself say, "*Te ayudo.* I'll help you." And she watched as the ghost girl came on across the room, floating more than walking. She came right up next to Elena, so close that Elena could feel her breath blowing against her face. It was icy cold. It smelled damp and musty like the earth smells. Elena listened wide-eyed as the ghost girl told her story.

Así que Elena ya supo que conversaba con un fantasma. La muchacha había confirmado que era del otro mundo.

Elena tomó aliento de nuevo y dijo: —En n-n-nombre de Dios…, ¿qué es lo que quieres?

La muchacha fantasma respondió: —Que-e-e me ayu-u-udes. Quiero que me ayu-u-udes.

Elena oyó que su propia voz decía: —Te ayudo. —Y vio que la muchacha fantasma atravesó la recámara, más como que flotaba que caminaba. Se acercó a Elena. Se acercó tanto que Elena pudo sentir el aliento soplando en su cara. Era helado. Y olía húmedo y mohoso, como huele la tierra. Elena permaneció atónita mientras la muchacha fantasma relataba su historia.

Chapter 8

The Ghost Girl's Story

El relato del fantasma

THE GHOST GIRL told Elena that her name was Mariana Mendoza. She said that for one whole year she had been stealing money from her parents. She had planned on using the money to buy herself a dress for her *quinceañera*. Her family was very poor and her parents had told her they couldn't afford to buy a dress for her to celebrate her fifteenth birthday. So she had started stealing from them, and she hid the money in a metal box that she kept buried in the vacant lot next to the house.

LA MUCHACHA FANTASMA le dijo a Elena que se llamaba Mariana Mendoza. Dijo que durante un año entero había robado dinero a sus padres.

Pensaba usar el dinero para comprarse un vestido de quinceañera. Su familia era muy pobre y sus padres le habían dicho que no tenían dinero suficiente para comprarle un vestido para festejar su décimoquinto cumpleaños. Por eso había empezado a robarles dinero. Lo escondió en una caja metálica que tenía enterrada en el solar vacío al lado de la casa.

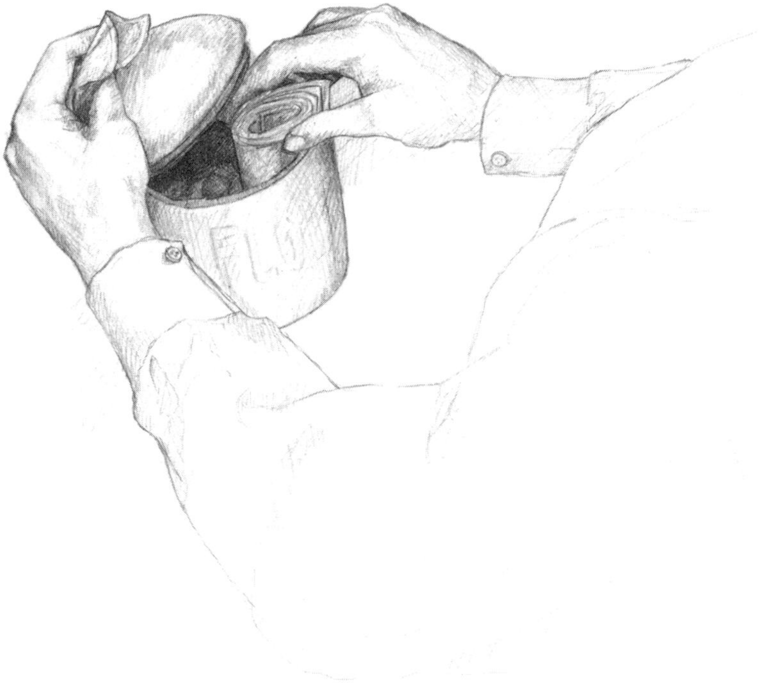

But one week before her fifteenth birthday her father was up on the roof of the house doing some repairs. He saw that he was about to run out of nails and shouted down through one of the vent pipes in the roof to tell his daughter to bring him some more. She got the nails and climbed up the ladder to the roof. She almost got to where her father was working, over by the edge of the roof, but then she tripped. Her foot caught on a loose shingle, and she fell and rolled toward the edge.

Her father came racing across the roof to catch her, but he was too late. She fell off the roof and landed on her head. Her neck was broken. And she was killed.

Pero una semana antes de que cumpliera años su padre estaba en el techo de la casa haciendo reparaciones. Vio que se le iban acabando los clavos y gritó por uno de los tubos de ventilación para pedir que su hija le trajera más. Ella buscó los clavos y trepó la escalera hasta el techo. Por poco llega a donde trabajaba su padre, junto al borde del techo, cuando tropezó. El pie se le trabó en una tablilla suelta y se cayó. Rodó hacia la orilla del techo.

Su padre corrió a agarrarla, pero llegó tarde. La muchacha cayó de cabeza al suelo. Se le quebró el cuello. Y se murió.

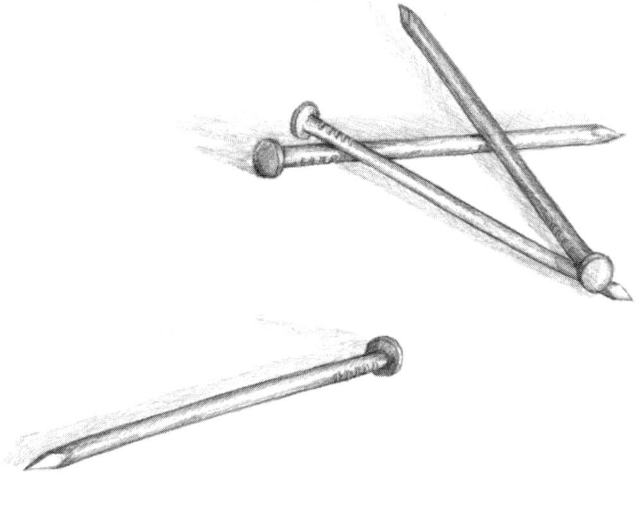

Elena's eyes filled with tears as she listened to the ghost girl's story. She was hardly able to breathe. And then the ghost girl explained how she wanted Elena to help her.

She begged Elena to find the box where she had buried it under the tree in the vacant lot next door. She told her exactly how much money would be in it: $47.36. And then she told Elena what to do with the money.

She told her not to keep any of it for herself. *"Dinero robado no trae nada bueno,"* she warned her. "Stolen money can bring you no good."

She told Elena to use some of the money to pay for rosaries to be prayed for her and for her father and mother, who were also dead by this time. *"Acuérdate que me llamo Mariana Mendoza,"* she told Elena. "Remember that my name is Mariana Mendoza." She said her parents were named Alejandro and Dolores Mendoza.

She told Elena to talk to the priest and get the name of the last baby girl from across the tracks who had been baptized in the church. She should find out that baby's birthday and open a savings account in the baby's name at the First National Bank.

Los ojos de Elena se le llenaron de lágrimas al oír el relato de la muchacha fantasma. Apenas si podía respirar. Y luego la fantasma explicó lo que quería que Elena hiciera para ayudarla.

Le rogó que encontrara la caja metálica donde la había enterrado, bajo el árbol en el terreno vacío. Le dijo exactamente la suma que estaba en ella: $47.36. Y le dijo lo que debería hacer con ese dinero. También le dijo que no se quedara con nada.

—Dinero robado no trae nada bueno —le advirtió.

Le pidió a Elena que usara parte del dinero para que rezaran rosarios por ella y sus padres, que para entonces también estaban muertos. Le dijo: —Acuérdate que me llamo Mariana Mendoza.

Y le dijo que sus padres se llamaban Alejando y Dolores Mendoza.

Le dijo a Elena que le preguntara al padre de la iglesia por el nombre de la última niña nacida más allá del tren que se había bautizado. Debía indagar el cumpleaños de la nena y luego abrir una cuenta bancaria a nombre de ella en el First National Bank.

She should put all the rest of the money in that account and set it up with the bank that none of the money and the interest it earned could be withdrawn until one week before that baby's fifteenth birthday. And then the money could be used for just one purpose: to buy that girl a dress for her *quinceañera.*

Elena shook her head yes to show she agreed to do all those things, and then she managed to stammer, *"Y... y... entonces, ¿tú no vas a volver?* And then you're not going to come back again?"

The ghost girl answered, "*Nu-u-unca-a-a-a*—Ne-e-ev-e-er." And then she faded away and was gone.

Elena talked to her father. "Did you see that?" she asked. "Did you see that girl? Did you hear what she said?"

"No," he answered kindly and patted her shoulder.

Elena repeated everything the ghost girl had told her, but her father hadn't seen or heard anything and he still didn't believe it. But then he scratched his chin and chuckled and mused to himself, "Well... I guess I could use some money."

Todo el dinero que restaba lo debería depositar en esa cuenta y arreglar con el banquero para que ningún dinero, ni el interés que se recaudara, se pudiera sacar de la cuenta hasta una semana antes de que la niña cumpliera quince años. Y luego ese dinero se debería usar únicamente para comparle un vestido a la niña para su fiesta.

Elena movió la cabeza afirmativamente para decir que se comprometía a hacer todo eso, y logró tartamudear: —Y... y... entonces, ¿tú no vas a volver?

La joven fantasma respondió: —Nu-u-unca-a-a-a. —Y luego se desvaneció y ya no estaba.

Elena le habló a su padre: —¿Viste eso? —le preguntó —. ¿Viste a esa muchacha? ¿Oíste lo que dijo?

—No —le respondió con ternura y le dio palmaditas en el hombro.

Elena repitió todo lo que la muchacha fantasma le había dicho, pero su padre no había visto ni oído nada y no lo creyó. Pero luego se rascó la barbilla, se rió y musitó para sí: —Bueno... supongo que me sería útil un poco de dinero.

Chapter 9

The Metal Box
La caja metálica

ELENA'S FATHER stayed there with her until she finally fell asleep. But she couldn't sleep very well and when her dad looked in on her around six o'clock the next morning, she was already awake.

"Come on," he said. "Get dressed and we'll go take a look in the vacant lot." Of course, he didn't expect to find anything there at all.

When she was dressed, Elena and her father went to the empty lot next to the house. It was overgrown with tumbleweeds and there was a big, spreading salt cedar tree in the middle of the lot. Under the tree they saw a flat, smooth stone, which seemed to indicate the logical place to dig. Frank lifted the stone and set it aside. With a garden trowel he'd found behind the house, he dug into the soft earth underneath.

He dug down about eight inches and then his trowel struck something hard. He dug faster and a metal box began to appear.

EL PADRE DE ELENA permaneció a su lado hasta que por fin se durmió. Pero la muchacha no dormía bien y cuando su padre fue a verla a eso de las seis de la mañana ya estaba despierta.

—Vamos —le dijo—. Vístete y vamos a ver qué hay en el lote vacío. —Por supuesto que no esperaba encontrar nada fuera de lo normal ahí.

Después de vestirse, Elena y su padre fueron al solar junto a la casa. Estaba cubierto de maleza y un gran tamarisco extendía sus ramas en medio del lote. Bajo el árbol encontraron una piedra plana y lisa, que parecía indicar el lugar lógico para cavar. Frank levantó la piedra y la puso a un lado. Con un desplantador que había encontrado detrás de la casa cavó en la tierra blanda.

Cavó unas ocho pulgadas cuando la herramienta golpeó contra algo duro. Cavó más rápido y una caja de metal comenzó a aparecer.

He pulled the box out of the hole and saw that it was an old jewelry box. It had flower decorations stamped into the metal of the top, and on the front there was a button you pushed to the right to release the latch. Frank cleaned the dirt from around the button with his finger and popped the latch.

The old jewelry box was full of fine, gray ashes. Frank was disgusted and a little embarrassed that he'd almost begun to believe he was going to find money inside. He slammed the lid shut on the box and threw it back into the hole. "Come on," he said to Elena. "Let's go get some breakfast." Frank stood up and walked off toward Chino's house.

Elena followed him, but she took the time to put the dirt back on top of the box and to set the rock back in place.

Sacó la caja del hoyo y vio que era una vieja joyera. Tenía diseños florales estampados en la tapa, y en la parte delantera había un botón que se hacía a un lado para soltar la cerradura. Frank limpió la tierra que cubría el botón y lo corrió a un lado.

La vieja joyera estaba llena de cenizas grisáceas finas. Frank estaba molesto y un poco avergonzado porque había esperado encontrar dinero en la caja. Cerró la tapa de golpe y botó la caja al hueco.

—Vámonos —le dijo a Elena—. Vamos a desayunar. —Frank se levantó y se fue a la casa de Chino.

Elena lo siguió, pero se tomó el tiempo para echar tierra sobre la caja y poner la piedra en su lugar.

Chapter 10

Ghost Fever

Mal de fantasma

ELENA KNEW her dad didn't want her to say anything about what had happened the night before. She kept to herself all day long and didn't say much of anything to anyone. She was so sleepy by that afternoon that she slept away a good part of the day. When night came, she went back to the old house with her father. She was almost hoping her father had been right and that everything had just been a dream.

That night Elena actually tried to go to sleep quickly, but she wasn't able to. And late in the night, the ghost girl appeared again. No noise announced her arrival, but Elena felt a strange chill come over her and when she opened her eyes she saw the white mist come filtering in at the bottom of the window. When it was inside it slowly took shape, and this time the ghost girl's appearance was much more frightening. Her head was twisted around at a crazy, unnatural angle, like her neck was broken. And the flesh just seemed to be dripping away from the bones of her face.

ELENA SABÍA que su papá no quería que dijera nada de lo que había sucedido la noche anterior. Pasó el día sola y habló muy poco. Para la tarde ya tenía sueño y pasó gran parte del día dormida. Cuando llegó la noche regresó con su padre a la casa vieja. Casi esperaba que su padre tuviera razón y que todo hubiera sido puro sueño.

Aquella noche Elena trató de dormirse pronto, pero no pudo. Muy entrada la noche, la muchacha fantasma apareció otra vez. Ningún ruido anunció su llegada, pero Elena sintió que le sobrevenía un frío extraño y cuando abrió los ojos vio la neblina filtrándose por debajo de la ventana. Cuando estaba dentro tomó forma lentamente, y esta vez la muchacha fantasma se veía mucho más espantosa. Su cabeza estaba torcida hasta quedarse a un ángulo estrafalario, como si tuviera el cuello quebrado. La carne de su cara parecía desprenderse de los huesos.

She shook a finger angrily at Elena, as if to tell her she hadn't done the right thing. And then, before Elena could find her voice to offer an explanation, the ghost faded away and was gone.

Elena jumped out of bed and grabbed her clothes. She didn't even wake up her father. She dressed as fast as she could and pulled her shoes onto her feet and ran to Chino's house. That's where she spent the night.

And when Frank came looking for his daughter in the morning, Elena had a fever of 103 degrees. She was deathly sick. They gave her aspirin and put cold compresses on her head and rubbed her down with alcohol, but nothing would bring the fever down. She was half delirious all day long, mumbling to herself and staring at the ceiling. She stayed that way for four days.

Agitó el dedo a Elena, como si quisiera decir que no había hecho bien. Y antes de que Elena pudiera encontrar la voz para dar explicaciones, la fantasma se había esfumado.

Elena saltó de la cama y agarró su ropa. Ni siquiera despertó a su padre. Se vistió a toda prisa, se caló los zapatos y se fue corriendo a la casa de Chino. Pasó la noche ahí.

Cuando su padre vino a buscarla a la mañana siguiente, Elena tenía una calentura de 103 grados. Estaba muy grave. Le dieron aspirina y le pusieron compresas tíbias en la cabeza y le frotaron con alcohol, pero nada servía para bajarle la fiebre. Deliraba todo el día, murmurando entre sí y mirando fijamente el techo. Así permaneció durante cuatro días.

Chino's uncle was crazy with worry. He paced up and down in the living room. He didn't know what to do. But Abuelita did. She snuck into the bedroom every chance she got to and sat beside Elena's bed. She listened to what her granddaughter was saying when she seemed to be talking out of her head. Little by little the sick girl revealed to her grandma what had happened.

El tío de Chino estaba loco de angustia. Caminó a pasos largos de arriba para abajo en la sala. No sabía qué hacer. Pero abuelita sí sabía. Se deslizaba a la recámara siempre que podía para sentarse junto a la cama de Elena. Escuchaba lo que decía su nieta cuando parecía hablar sin sentido. Poco a poco la muchacha enferma reveló a su abuelita lo que había sucedido.

Chapter 11

The Box Again
Otra vez la caja

ON THE FOURTH NIGHT of Elena's fever, when the rest of the family was asleep, her grandma went and woke her up. She wrapped Elena in a blanket, because the poor girl was still trembling with fever. She put shoes on the girl's feet and together they crept out of the house.

LA CUARTA NOCHE de la enfermedad de Elena, cuando los otros miembros de la familia estaban dormidos, abuelita fue y la despertó. Envolvió a Elena en una cobija, porque la pobre muchacha todavía temblaba con fiebre. Le puso zapatos, y juntas salieron de la casa sin hacer ruido.

It was almost midnight, and the girl and her grandma shuffled along the empty streets of the town. They crossed Main Street and the railroad and then followed the dark streets across the tracks back to the vacant lot. They knelt down and set the rock aside again. With her hands, Abuelita dug into the soft dirt her granddaughter had put back into the hole. She pulled out the metal box.

They heard coins rattling when they lifted the box from the hole, and this time when they popped the latch and they lifted the lid on the old jewelry box, it was full of money—a lot of crumpled-up dollar bills, a few five and ten dollar bills, and a big pile of quarters and nickels and dimes and pennies.

Era casi la medianoche, y la muchacha y su abuelita caminaron lentamente por la calles desiertas del pueblo. Cruzaron Main Street y la vía del tren y luego siguieron por las calles oscuras hasta llegar al terreno vacío. Se arrodillaron y quitaron la piedra. Con las manos, abuelita cavó en la tierra suelta que su nieta había colocado en el hoyo. Sacó la caja de metal.

Oyeron el traqueteo de monedas cuando levantaron la caja del hoyo, y esta vez cuando soltaron la cerradura y abrieron la tapa de la joyera, estaba llena de dinero... muchos billetes arrugados de un dólar, unos cuantos de cinco y diez. Y había un montón de monedas de veinticinco y diez y cinco centavos, junto con muchos centavitos.

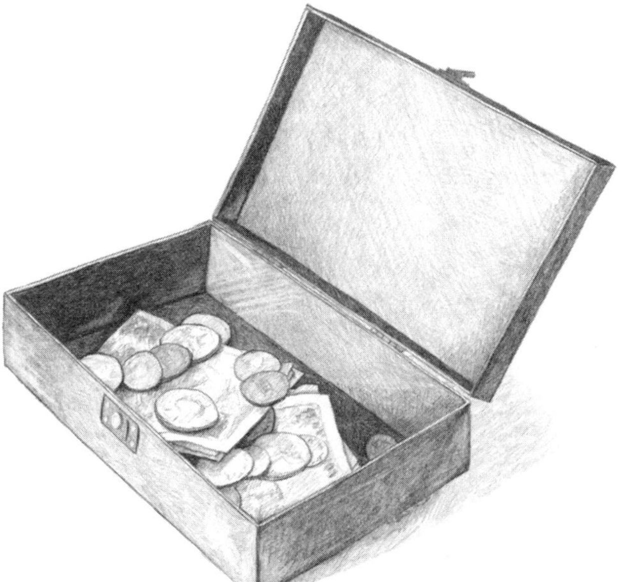

Later, when Abuelita would tell us about this mysterious transformation of the box's contents, she always explained that the reason there had been nothing in the metal box before was that Elena's father hadn't believed what his daughter had experienced and had no business going there with her. And even more importantly: his intentions for the money had not been right.

With the box of money under her arm, Abuelita helped Elena walk home through the deserted streets, and then she put her granddaughter right back to bed. The first thing the next morning, the grandma went to the church and arranged for the prayers the ghost girl had requested to be prayed for herself and for her parents. The offering she gave came from the money in the metal box. When Abuelita got back home again, she went straight to her granddaughter's room. Elena was sitting up in the bed. Her fever was gone!

By noon that day, Elena was up and walking, and that afternoon she was able to go with her grandma back to the church to talk to the priest. The name of the last baby born across the tracks was Victoria Sandoval. They went on to the First National Bank and opened an account in the baby's name, but with the strict condition that no money could be withdrawn until one week before Victoria turned 15.

Después, cuando abuelita nos contó de la transformación misteriosa del contenido de la caja, siempre decía que la explicación de por qué antes no había nada en la caja era que el padre de Elena no daba crédito a lo que ella había experimentado y no tenía derecho de acompañarla. Y todavía más importante: lo que quería hacer con el dinero no era lo correcto.

Con la caja de dinero bajo el brazo, abuelita ayudó a Elena a caminar por las calles desierta hasta su casa, y acostó enseguida a su nieta. A primera hora de la mañana siguiente, abuelita fue a la iglesia y arregló que rezaran los rosarios que la muchacha fantasma había pedido para sí misma y para sus padres. El donativo que dio venía del dinero de la caja de metal. Cuando abuelita regresó a casa, fue directo a la recámara de su nieta. Elena estaba sentada en la cama. La calentura ya se le había quitado.

Para el mediodía, Elena pudo levantarse de la cama y caminar, y esa tarde fue a la iglesia con su abuela a hablar con el padre. La última bebé nacida más allá del tren se llamaba Victoria Sandoval. Luego fueron al First National Bank y abrieron una cuenta en nombre de la bebé, pero con la fuerte condición de no sacar el dinero de la cuenta hasta que faltara una semana para que Victoria cumpliera 15 años.

I've always wondered if she withdrew the money and bought the dress, but I had graduated from high school and left town before Victoria Sandoval would have turned 15, so I don't know for sure. I do know, though, that by the time the sun went down that day, Elena was as healthy as ever.

When the weekend came around, Chino's Uncle Frank and his two daughters moved into the old house. They lived in it for a whole year, and they were never bothered by any more ghosts. And for the first six months they lived in the house, they weren't bothered by that stingy old Cole Cash coming around to collect a penny of rent from them.

That year gave Chino's Uncle Frank a chance to put his life back together. He remarried and with his new wife and his daughters he moved away from Duston. He went back to work in the mines, where the pay was much better than anything that was available in our town.

Siempre he querido saber si sacó el dinero y compró el vestido, pero me gradué de la preparatoria y me fui del pueblo antes de que la tal Victoria Sandoval hubiera cumplido 15 años, y no lo sé.

Pero sí sé que al atardecer de aquel día, Elena estaba tan sana y fuerte como siempre.

Cuando llegó el fin de semana, el tío de Chino y sus dos hijas se mudaron a la casa vieja. Vivieron ahí durante un año entero, y nunca les molestó otro fantasma. Y en los primeros seis meses, tampoco les molestó que ese tacaño de Cole Cash viniera a cobrarles la renta.

Ese año el tío Frank pudo mejorar su vida. Volvió a casarse y se fue de Duston con su nueva esposa y sus dos hijas. Regresó a trabajar en las minas, donde el sueldo era mucho mejor que el que podría encontrar en nuestro pueblo.

Chapter 12

The Story that Stayed Behind
La historia que permaneció

ABUELITA KEPT the metal box that had been buried under the salt cedar tree. She didn't get it out much when Frank was still living in town, and she would never get it out when he was around. He still would not tolerate any talk about ghosts or haunted houses. He told his daughters they were forbidden to say anything about it. Even after Frank moved away, Abuelita was a little cautious because Chino's dad wasn't too crazy about her "superstitious stories" either.

But Chino and I loved the story and we wanted every kid in town to hear it. Every time we knew that his grandma was home by herself, we would get some new friend and bring him over to the house and ask Abuelita to tell him the story. Partly we did that so that we could hear it again ourselves. Abuelita would get out the metal box and show it to us, and then she'd tell us all about the ghost her granddaughter had seen in Cole Cash's haunted house.

ABUELITA GUARDÓ la caja de metal que había estado enterrada bajo el tamarisco. No la sacó mucho mientras Frank vivió en el pueblo, y nunca la sacó cuando él estaba presente. Frank no soportó que hablaran de fantasmas o casas embrujadas. Les prohibió a sus hijas que hablaran sobre ese tema.

Aún después de que Frank se fue, abuelita estaba un poco recelosa, porque tampoco al papá de Chino le gustaban mucho sus "cuentos de creencias".

Pero a Chino y a mí nos encantaba el cuento y queríamos que lo oyeran todos los chicos del pueblo. Siempre que sabíamos que su abuelita estaba sola en casa, traíamos a otro amigo y pedíamos a la anciana que le contara la historia. En parte lo hacíamos porque nosotros queríamos oír el cuento otra vez. Abuelita sacaba la caja metálica para mostrárnosla, y luego nos contaba todo lo del fantasma que su nieta había visto en la casa embrujada de Cole Cash.

You know, I had heard people always say that as you get older your memory gets weaker. Maybe that's true for some people, but I didn't think it was true for Chino's

abuelita. It always seemed to me that her memory kept getting better, because I noticed something: each time she told us the story of the ghost girl on the roof, she would remember some new little detail she'd never mentioned before. Abuelita's story kept getting better and better each time she told it!

But by the time we were in the eighth grade, Chino's grandma was getting pretty weak. She wasn't able to tell us stories any more. And in March of that year, Abuelita died.

Yo siempre había oído decir que a medida que una persona envejece se le debilita la memoria. A lo mejor es cierto para algunos, pero no creo que fuera el caso con la abuelita de Chino. Me parecía que su memoria iba mejorando, porque me percaté de algo: cada vez que nos contaba la historia de la muchacha fantasma en el techo, se acordaba de algún detallito que nunca antes había mencionado. La historia resultaba un poco mejor cada vez que abuelita la contaba.

Pero para cuando estábamos en el octavo grado la abuelita de Chino estaba muy débil. Ya no nos podía contar historias. Y falleció en marzo de ese año.

Of course we kept telling the story about the ghost girl on the roof. We couldn't tell it anywhere near as well as Abuelita had, but every time some new kid would move to town, we'd take him by the house and tell all about it. But as time went by, I began to wonder if it was really true. I almost stopped believing it. And then when I was a junior in high school something very interesting happened.

Por supuesto que nosotros seguíamos contando la historia de la muchacha fantasma en el techo. No teníamos el talento para contarla como la contaba abuelita, ni mucho menos; pero siempre que un chico nuevo venía a vivir en nuestro pueblo, lo llevábamos a ver la casa y le contábamos la historia. Con el tiempo comencé a preguntarme si sería la verdad. Por poco dejo de creerla. Luego, cuando estaba en el tercer año de la secundaria ocurrió algo muy interesante.

Chapter 13

Proof in Print?

¿Pruebas impresas?

IN ELEVENTH GRADE, our English teacher Mrs. Hughes taught us all about newspapers. She taught us how to interview someone and ask good questions and write a news story. She taught us that the first paragraph of the story has to answer the five Ws and the H: Who? What? When? Where? Why? How?

CUANDO ESTÁBAMOS en el décimoprimer grado, la maestra de inglés, la señora Hughes, nos enseñó todo acerca de los periódicos. Nos enseñó cómo entrevistar a alguien y hacerle buenas preguntas y escribir un artículo. Nos enseñó cómo el primer párafo del artículo tenía que responder a las preguntas: ¿quién?, ¿qué?, ¿cuándo?, ¿dónde?, ¿por qué? y ¿cómo?

She taught us how a newspaper was put together and how it made its money from advertising. And she also taught us that every newspaper saves one copy of each edition that comes out. She told us that the room where the old newspapers are stored is called the morgue, because the news in them is "dead."

Mrs. Hughes gave me an assignment to go down to the newspaper office in our little town and look at old newspapers until I found an interesting story to report about to the class. Our small town paper only came out once a week, so there wouldn't be huge quantities of newspapers to look at. I headed down to the newspaper office.

I knew the man who ran the newspaper. His name was Sam Peters. Sam took me into a back room where the walls were covered with shelves stacked high with old newspapers. He turned me loose and went off to do his work.

I started shuffling through the stacks of papers. There was the story about the passenger train that derailed out east of town and how local residents had taken the stranded people into their homes and treated them like family until the track was repaired and the folks could get on their way.

Nos enseñó cómo diseñar un periódico y que las ganancias realmente vienen de la venta de anuncios. También nos dijo que todos los periódicos guardan un ejemplar de cada número que se publica. Nos dijo que el cuarto en donde se almacenan los viejos números lo nombran el "morgue", porque las noticias en esos periódicos ya están "muertas".

La señora Huges me dio la tarea de ir a la oficina del periódico de nuestra comunidad y repasar los viejos números hasta encontrar un artículo interesante sobre el cual podía presentar un reporte en la clase. El periódico de nuestro pueblito salía solamente una vez a la semana, así que no iba a haber una gran cantidad de ejemplares. Me dirigí a la oficina del periódico.

Conocí al dueño del semanario. Se llamaba Sam Peters. Estaba en la escuela con su hijo. Sam me llevó a un cuarto al fondo que tenía las paredes cubiertas de estantes amontonados de periódicos viejos. Me dejó a rienda suelta con esos periódicos y se fue a hacer su trabajo.

Me puse a hurgar los montones de papel. Estaba el reportaje del descarrilamiento del tren de pasajeros un poco al este del pueblo y cómo los residentes recibieron en sus casas a los viajeros desamparados y los trataron como a familiares hasta que la vía se recompuso y pudieron seguir su camino.

Of course, there was the story about the big explosion at the Geronimo Powder Company, which was located about 10 miles from town and made dynamite for the copper mines up north. Those were interesting stories, but most of the kids had heard about them from their parents.

And I found stories about football teams that went undefeated and severe summer storms that did thousands of dollars of damage. But nothing was all that interesting—until the headline on one old yellow newspaper caught my eye: GIRL DIES IN TRAGIC FALL. And under the headline was a subtitle: Parents Had Birthday Celebration Planned.

Por supuesto que estaba la historia de la gran explosión en la Geronimo Powder Company, que se encontraba a unas 10 millas del pueblo y producía dinamita para las minas de cobre allá en el norte. Esas historias sí eran interesantes, pero la mayoría de los muchachos ya habían oído a sus padres hablar de ellas.

Encontré artículos de equipos de fútbol americano invictos y severas tormentas veraniegas que causaron miles de dólares en estragos. Pero no había nada de suficiente interés, hasta que el titular en un viejo periódico amarillento me llamó el ojo: MUERE UNA ADOLESCENTE EN CAÍDA TRÁGICA. Y bajo la cabecera había un subtítulo: Padres Tenían Planeada Una Fiesta de Cumpleaños.

I read the article under those headlines, and then I sat down and opened my notebook and started writing. There were no such things as photocopy machines back in those days, and I knew Sam Peters wouldn't let me take the paper out of the office, so I sat there and copied every word. This is the article:

GIRL DIES IN TRAGIC FALL

Parents Had Birthday Celebration Planned

A tragic accident took the life of a local teenager on Thursday of this week. Mariana Mendoza, daughter of Alejandro and Dolores Mendoza, died when she fell from the roof of her home at 413 Ocotillo Street. Mariana, age 14, was helping her father make repairs to the roof of the family home when she tripped and fell, apparently landing on her head. She was transported by ambulance to Cartwright Hospital and died later that evening. Dr. Cartwright reported that the girl had suffered massive head injuries and a broken neck in the fall.

Mariana was a freshman at Duston Union High School and the only child of Mr. and Mrs. Mendoza.

Leí el artículo bajo esos titulares, y luego me senté y abrí mi cuaderno y comencé a escribir. No había máquinas fotocopiadoras en esos tiempos, y sabía que Sam Peters no me permitiría sacar el periódico de la oficina, por lo que me quedé allí sentado y transcribí cada palabra. Éste es el artículo:

MUERE UNA ADOLESCENTE EN CAÍDA TRÁGICA

Padres Tenían Planeada Una Fiesta de Cumpleaños

Un acidente trágico reclamó la vida de una adolescente de esta comunidad el jueves de la semana presente. Mariana Mendoza, hija de Alejandro y Dolores Mendoza, murió de una caída del techo de su casa en 413 Ocotillo Street. Mariana, de 14 años, ayudaba a su padre a hacer reparaciones en el techo de la casa familiar cuando tropezó y se cayó, aparentemente dando al suelo de cabeza. Se trasladó por ambulancia a Cartwright Hospital y allí falleció más tarde. El doctor Cartwright señala que la muchacha había sufrido lesiones masivas en la cabeza junto con una fractura del cuello en la caída.

Mariana cursaba el primer año en Duston Union High School y era hija única de los señores Mendoza.

Friends and relatives of the girl and her parents are stunned by the accident. The outpouring of sympathy has been enormous.

Mariana would have turned 15 this Thursday, and the grief Mr. and Mrs. Mendoza feel for the loss of their child is compounded by the timing of the accident. The parents were planning a surprise *quinceañera,* or fifteenth birthday celebration, for their daughter.

"For a whole year we've been saving money for Mariana's quinceañera," Mrs. Mendoza said. "It's been a secret. She didn't know."

Mr. Mendoza added, "Just the day before she fell, we went to Tucson to buy her a dress for the party. And now, what else could we do? All we could do was bury her in that beautiful white dress."

The funeral Mass was held on Monday at St. Patrick's Catholic Church. The church filled to capacity with classmates, friends and relatives who came to pay their last respects to Mariana Mendoza. Later, they saw her laid to rest in the beautiful white quinceañera dress which her parents had purchased by sacrificing for a whole year.

I didn't report on the article in English class the next day: I read it word for word.

Los amigos y parientes de la joven se sienten sorprendidos por el accidente, que ha ocasionado una enorme efusión de pésame.

Mariana hubiera complido los 15 años el jueves que viene, y el dolor que sufren los Mendoza por la pérdida de su hija se aumenta por el momento en que ocurrió. Los padres tenían planeada una fiesta de cumpleaños para su hija.

—Durante un año entero ahorramos dinero para la quinceañera de Mariana —afirma la señora Mendoza—. Era un secreto. Ella no lo sabía.

El señor Mendoza agregó: —El mero día antes de que se cayera, fuimos a Tucson para comprarle el vestido para la fiesta. Y ahora, ¿qué más pudimos hacer? La única opción fue enterrarla en ese lindo vestido blanco.

La misa funeraria se celebró el lunes en St. Patrick's Catholic Church. La iglesia se llenó por completo de condiscípulos, amigos y parientes que acudieron a rendir su última obsequía a Mariana Mendoza. Después, la vieron bajar a la fosa portando el hermoso vestido de quinceañera que sus padres le habían comprado a gran sacrificio durante todo un año.

No hice un informe sobre el artículo en la clase de inglés al día siguiente. Lo leí al pie de la letra.

A lot of the kids knew all about the haunted house, and you should have seen their jaws drop and their eyes grow wide as I was reading. When I finished the article I paused for a minute to let it all sink in and then said to the class, "I hope those parents never found out their daughter had been stealing money from them that same year."

Most of my friends closed their eyes and nodded their heads in agreement, but Mrs. Hughes was confused. "I beg your pardon," she said. "I didn't catch that part."

"Oh, never mind," I told her. "It's just something we kids talk about."

I didn't bother to explain it to her because I knew she wouldn't understand. I knew she was one of those people who don't believe in ghosts.

Muchos chicos ya sabían todo lo de la casa embrujada, y hubieras visto cómo se les cayó la mandíbula y abrieron los ojos mientras yo leía. Cuando terminé la lectura hice una pausa de un momento para dejarles sentir el efecto y luego dije a la clase:

—Espero que sus padres nunca se hayan enterado de que su hija les robó dinero ese año.

La mayoría de mis amigos cerraron los ojos y movieron la cabeza afirmativamente, pero la señora Hughes estaba perpleja:

—¿Cómo? —dijo—. No entendí esa parte.

—Bueno, no importa —le dije—. Nomás es algo que hablamos los chicos.

No intenté explicárselo porque sabía que no lo podría entender. Sabía que era una de esas personas que no creen en los fantasmas.

About the Author

WHEN JOE HAYES was very young, his family moved from Pennsylvania to a small town in southern Arizona, some 50 miles from the Mexican border. It was a railroad town, a town not unlike the little town in this story. From Mexican-American friends and schoolmates, Joe began to acquire a knowledge of Spanish and an appreciation for Hispanic culture. As an adult, his experience with Spanish helped him find work doing mineral exploration in Mexico and Spain. When Joe moved to New Mexico in 1976, he taught high school English, but his interest in the rich folklore of the region was already growing. He enjoyed sharing stories with his own children so much that he decided to shape a career for himself as a storyteller. Joe gathered tradi-

tional stories of the Southwest, added a little of his own spice and hit the road, traveling all over the United States to share his stories.

Joe Hayes has become one of America's premier storytellers. His books and tapes of Southwestern stories are popular nationwide. His books have received the Arizona Young Readers Award, The Land of Enchantment Children's Book Award, two IPPY Awards, a Southwest Book Award, and an Aesop Accolade Award. His books have been on the Texas Bluebonnet Master Award List twice.

And to think it all started in a dusty town on the U.S./ Mexico border!

More Bilingual Books from Master Storyteller Joe Hayes

The Day It Snowed Tortillas / El día que nevaron tortillas,
illustrated by Antonio Castro L.

Pájaro verde / The Green Bird,
illustrated by Antonio Castro L.
★ An Aesop Accolade Book
★ Winner of an IPPY Award, 2003

La Llorona, The Weeping Woman,
illustrated by Vicki Trego Hill

¡El Cucuy!, A Bogeyman Cuento in English & Spanish,
illustrated by Honorio Robledo
★ Winner of an IPPY Award, 2002

Little Gold Star / Estrellita de oro, A Cinderella Cuento,
illustrated by Gloria Osuna Perez
and Lucia Angela Perez.
★ Thirty Best Books of the Year 2000—*Nick Jr. Magazine*

Watch Out for Clever Women! / ¡Cuidado con las mujeres astutas!,
illustrated by Vicki Trego Hill.
★ Southwest Book Award
★ Texas Bluebonnet Award Master List, 1997

Tell me a Cuento / Cuéntame un story,
illustrated by Geronimo Garcia

Order Joe's books on the web at
www.cincopuntos.com